DATE DUE	
GAYLORD	PRINTED IN U.S.A.

CHEECH
Y SU AUTOBÚS ESCOLAR

por Cheech Marin
ilustrado por Orlando L. Ramírez
traducido por Miriam Fabiancic

rayo

Una rama de HarperCollinsPublishers

¡BUENOS DÍAS!

Me llamo Cheech y soy el chofer de tu autobús escolar. Soy un chofer muy, muy, muy pero MUY bueno. SIEMPRE llego a la escuela a tiempo y nunca, nunca, JAMÁS me pierdo en el camino.

Bueno, **CASI** nunca.

Generalmente, los chicos que se suben a mi autobús llevan mochilas y libros. Pero un lunes, se montaron cargando instrumentos musicales.

—¡Ah, no! —les dije—. No caeré en esa trampa, ¡ni soñando!

—¿En cuál trampa, Cheech? —preguntó Dolores.

—Ya sé que ustedes están pensando en agazaparse detrás mío y asustarme con un cornetazo en la oreja, ¿no? ¡Pues eso no me parece divertido! ¡Para nada!

—No, Cheech, nosotros no te haríamos eso —dijo Oscar—. Tú eres nuestro chofer preferido.

Carmen se rió y dijo: —Es que estamos formando una banda de mariachis para tocar en la Batalla de las Bandas. Y adivina cómo se llama la banda... ¡Los Cheecharrones!

—¿La Batalla de las Bandas? —dije—. Eso me recuerda a cuando yo era chavo y tenía una banda con mis amigos. Era *padrísimo*, tan divertido... ¡*groovanova*!

—*Groovanova* no es una palabra de verdad —dijo Dolores.

—Puede que sí, puede que no —dije—, pero sí es un baile.

Pasaron las semanas y los chicos practicaron, practicaron y practicaron sin descanso. Y luego practicaron un poco más. Se lustraron los zapatos, les sacaron brillo a sus instrumentos y ¡hasta lavaron los platos!...aunque eso no lo hicieron por la banda, sino porque era parte de sus tareas.

Finalmente llegó el día esperado. Los Cheecharrones se pusieron sus trajes y sombreros igualitos. También se peinaron. ¡Estaban réquete listos!

Sonaban de maravillas. ¡*Groovanova!*

Los llevé al club, pero, cuando bajaron del autobús, los otros chicos les apuntaron con el dedo.

—¿Una banda de mariachis? ¡Ja, ja, ja, ja! —dijeron riéndose—, ¡la Batalla de las Bandas es para bandas *de rock*!

Los Cheecharrones se pusieron un poco nerviosos, por eso dije:

—¡Una banda de mariachis puede ganarle a cualquier banda de rock!

Pero yo también estaba un poco nervioso.

Dentro del club, una de las bandas ya estaba en el escenario. Se llamaban LOS MONSTRUOS y de veras sonaban como monstruos. ¡Sonaban tan fuerte que nos tuvimos que cubrir las orejas!

El público también hacía un ruido tremendo. Todos hablaban a gritos. Aunque la banda tocaba fuerte, nadie les prestaba atención.

—Si el público hace tanto ruido cuando nosotros toquemos —dijo Claudia—, nadie podrá oírnos, pues nosotros tocamos muy bajito. ¡Seguro quedaremos últimos!

Los chicos empezaron a desesperarse.

—¡Rápido! —dijo Eugenio—. ¡Pidamos una batería y un amplificador prestados y vamos a practicar en el parqueo!

—No creo que eso sea una buena idea —les dije, pero por supuesto, no quisieron escuchar a Cheech.

—Si conseguimos una batería y un amplificador —dijo Serena—, sonaremos más fuerte, ¡y podremos ganar!

¡Pero sonaban demasiado FUERTE!

La banda siguiente se llamaba Las Culebras Plateadas. Vestían una ropa muy rara. No sé si parecían unos arbolitos de Navidad o unos perros callejeros. Me hacían acordar a esos chicos que no saben qué ponerse para Halloween y terminan poniéndose todos los trajes... ¡uno encima de otro!

Oscar se entusiasmó con el asunto de la ropa.

—¡Un momento! —dijo—. Para ser la mejor banda no importa tanto tocar fuerte, ¡sino verse chévere!

Pero los trajes no quedaron ni un poquito CHÉVERES.

La última banda se llamaba Las Arañas Gigantes. El cantante estaba vestido de araña y el resto de la banda estaba vestida de moscas. Mientras cantaban, ¡la araña fingía que se estaba comiendo al resto de la banda!

—¡Qué locura! —les dije.

—¡Eso! ¡Eso es lo que necesitamos! Montemos un espectáculo bien loco —dijo Joey.

—No sé si nos conviene —le contesté.

—Sí, Cheech, yo creo que Joey tiene razón —dijo Carmen—. Necesitamos algo que llame mucho la atención. Algo espectacular.

Pero no fue
ESPECTACULAR.

En eso, un señor salió a buscarnos.

—Es su turno, muchachos —dijo—. Ya les toca.

—¡Ay, no! —grité—. ¡Se nos acabó el tiempo!

Subimos al escenario. Todos nos miraban. Para entonces yo estaba muy, muy pero MUY nervioso. ¡Luego ocurrió algo increíble! Los Cheecharrones se pusieron a tocar tal como habían practicado: ni muy fuerte, ni muy suave, con mucho ritmo y estilo.

Poco a poco, todos les empezaron a prestar atención. El público se fue callando para poder escuchar la música. Todos se acercaron al escenario.

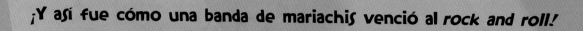

¡Y así fue cómo una banda de mariachis venció al *rock and roll!*

A mis hijos: Carmen, Joel y Jasmine

—C.M.

Todo mi agradecimiento a mi hermosa familia, que siempre me ha
brindado lo mejor de sí. A mi esposa, Ewa, por tu gran apoyo. Y a
Pamela, por tu confianza en ti misma.

—O.L.R.

Rayo es una rama de HarperCollins Publishers.

Cheech y su autobús escolar
Texto: © 2007 por Cheech Marin
Ilustraciones: © 2007 por Orlando L. Ramírez

Elaborado en China.

Library of Congress ha catalogado la edición en inglés.
ISBN-10: 0-06-113204-7 (trade bdg.) — ISBN-13: 978-0-06-113204-9 (trade bdg.)
Diseño del libro por Stephanie Bart-Horvath
1 2 3 4 5 6 7 8 9 10
❖
Primera edición